KB107611

박현숙 세 번째 시집

내 기도 속의 이름들

박현숙 시인

시인의 말

한순간도 가슴 뛰지 않은 적이 없었다고 2집에서도 말했다
당도할 즈음 문 앞에 서서 기다릴 엄마를 생각하면
가슴이 뛰 듯 말이다
여전히 뛰는 가슴들의 이야기,
감정의 파편들이 모여져 오늘 또 한 권의 가슴을 꺼낸다

그들의 기쁨, 이별, 어떤 기다림, 그리움을 만나고
나의 작은 생애가 되어 오늘을 나는 노래한다
이 노래는 공감이고 위로이며 응원과 기도이다

하루를 걸어가는 길에 동행이 된 기도
기도가 부쩍 많아졌다
불안과 두려움이 많아진 건 아닌가 들여다보다가
어느 날 화들짝 놀란다
꽃 던지며 화사한 웃음 살짝 감추던 스무 살로부터
아주 멀리 와 있는데 그렇게 웃고 있는 나를 만나다니

내 기도 속의 이름들, 덕분이라고 생각한다

돌아보면 사랑스럽고 그립지 않은 것이 없다
세월을 보내고 나이가 들어가는 것은
아마도 이렇게 넉넉해지는 것!

자연이 주는 변화의 순리를 겸손하게 받아들이는 지혜로
사람을 귀히 여기는 정성된 인연으로 나는 사랑해 왔다
그러나 더 가슴을 채워야 한다
감히 세상의 위로와 울림이 되는 글이 되려면
아직도 먼 길을 가야 한다

내가 왔던 길에
나의 가족은 늘 참으로 사랑스럽고 고마운 사람들이다
많은 부족함을 사랑으로 채워주는 가족(내 가족의 범위는 넓다)
한 사람 한 사람은 나의 보석이다.

친구, 지인, 신앙 안에서, 봉사센터에서의 만남들!
참으로 감사하다 이들이 있어
"참 좋은 그대 있음에"(두 번째 시집) 나의 노래는 시작이었고
끝나지 않을 것이다.

내가 만나는 모든 분께 평화의 인사를 드리며

2023. 8

세실 박현숙

목차

시인의 말

기도하는 아침

기도하는 아침·······························3

십자가 아래서·······························4

모진 밤·····································5

창밖을 보지 않았다···························6

안녕하십니까?·······························7

잃어버린 것·································8

원 달러 아이들·······························9

두 아들에게·································10

4월 어느날에·······························12

하늘길 가시는 안**선생님께···················14

일상에서·····································16

아버지를 위한 기도···························17

그녀를 위한 기도·····························18

조문하다·····································19

고마워요 엄마·······························20

오월의 선물·································21

아들이란 이름·······························22

작은 까페 이야기·····························23

아버지로 살면서·····························24

나의 빛·····································26

너의 꽃잎이 지고·····························27

그녀 이야기 ···················· 28

그녀의 웃음에는 맑은 피가 흐른다 ·········· 30

병원에서 ······················ 32

인사동에서 ····················· 33

반성 ························· 34

성숙 ························· 35

오늘도 부르는 노래

응원한다 친구야 ·················· 39

가족 송년회 ···················· 40

치매, 꽃으로 보자 ················· 42

숲속은 지금 연주 중 ················ 44

아름다운 이별 ··················· 45

나목 ························· 46

우리는 불면증 ··················· 47

낯선 시작 ····················· 48

감사할 시간 ···················· 49

아버지십니다 ··················· 50

우산2 ························ 51

쓰나미 ······················· 52

미술관(도심에서 숨쉬다) ············· 53

가끔은 이렇게 ··················· 54

제주 겨울 ····················· 56

그 겨울 그리움 ·················· 58

시인에게 전하는 인사 ··············· 60

나무에게 ······················ 61

짧은 시 모음·····················62
백일홍이야기·····················64
오늘도 봄·····················66
눈 내리는 날·····················67
끝 그리고 시작·····················68
여정·····················69
아침 인사·····················70
여행을 가다·····················71
감동은 사랑이 오는 것이다·····················72

평온한 그 자리

우산 1·····················75
가을 시작에서·····················76
사랑하는 가을·····················77
어느 만추·····················78
오늘·····················80
꽃무릇 그 자리·····················81
7월에·····················82
찔레꽃 핀 날·····················83
황매화 아침·····················84
계절아·····················85
가을엔 춤을·····················86
친구들에게·····················87
거울의 일기·····················88
고백2·····················90
비 개인 날·····················91

순례자의 길을 가다 ···································· 92

밤에 쓰는 편지 ······································ 93

새해를 맞이하며 ······································ 94

한뼘 코스모스 ······································· 96

12월이 나는 좋다 ···································· 97

꿈길 ·· 98

바람 ·· 99

탄생 ··· 100

꽃 한 송이 들고 ···································· 101

좋은 생각 ··· 102

내가 하고 싶은 말 ·································· 103

지금 ··· 104

우리는 여행중 ····································· 105

어쩌다가 ·· 107

친절을 팝니다 ····································· 108

내 생각 ··· 110

그 여름 논골담 길에서 ······························ 111

그곳에 가다 ······································· 112

나의 수요일 ······································· 113

보다 ··· 114

여자아이 ·· 115

첫사랑 ·· 116

엄마집 마당의 추억 ································· 117

내 이름은 꽃 ······································ 118

아침편지 ·· 119

덕분에 ·· 120

무궁화 열차를 타고 ································· 122

눈 ··· 123

솔향기 따라서 그녀를 만나다 ················· 124

적적한 어떤 날에 ······························· 125

따뜻한 그대 ·· 126

해에게로 ·· 127

아마도 ·· 128

새에게 ·· 129

아카시아 잎을 따서 ····························· 130

나의 언니에게 ····································· 131

카톡에서 찾은 편지 ······························ 132

너의 이름은 석순이 ······························ 133

학교에서 키 큰 아이에게 ···················· 134

들여다보기 ·· 135

내가 행복한 만남 ······························· 136

그대 있음에 ·· 138

기도하는 아침

기도하는 아침

가던 길 멈추고
사람들
얼마나 반겼던가

우연한 만남에
솜사탕을 건네듯
웃음 많은 사람

비바람 치던 그 밤
편히 갈 수 없는 걸음
어찌 갔을까

여름을 끝으로
모든 인연 접고
무엇에 그리 급했는지

나의 기도는
할 말을 찾아 헤맨다

십자가 아래서

사랑한 한 사람이 떠나간 건
돌아올 수 없는 길로 가버린 건
비탄으로 앓거나 살라하지 말라는 겁니다
전부를 앗아간 거라고
그건 나를 버리시는 거라고
요동치는 그 가슴을 어머니
어머니처럼 끝내 고요할 수 없습니다

나는 전부인 하나의 아들을 잃었다
너에게는 사랑하는 딸도 있지 않느냐
너는 내가 사랑하는 딸
너를 잃는다는 건
네 아픔을 그대로 나에게 주는 일이다

그 때 선명하게 들려주신 어머니 음성
눈시울은 눈물로 채워지고 빛으로 오셨습니다
더 가까이 내게 오신 어머니
나의 평화입니다

*김** 선생님 존경합니다

4

모진 밤

암벽에 매달린 풍란이
죽을 듯이 매달렸을 그런 날
아무 일 없었던 듯
맑은 하늘로 온 아침
지난밤이 왜 그러했는지
다녀간 모진 바람에 묻는다
고목 쓰러지고
뿌리 냄새 풀냄새로
축축한 울음 가득한 숲
그런 날

열어보기 잠시 미루었던 핸드폰
사람이 떠났다는 소식을 본다
가물거리는 오래전 이름
어렴풋이 얼굴 떠올랐다
잘 웃어 편한 삶인가 했는데

칠월 중순에 자리했던 상사초도
모진 밤은 데려갔다

창밖을 보지 않았다

쫓기듯 성호를 긋고
외면하고 있다
돌아가는 건 두렵다
질주는 끝날 줄 모른다
먹빛으로 가는 시간은
똑같이 부여된 우리들의 오늘
이제
각자의 몫이다
받아들일 일과 돌아갈 일

지금 가야 할 때다
아직 오지 않은 어둠일 때
불안이 더 엉겨 붙어 어찌하지 못할 때
바퀴는 꿈틀거리며 미끄러지고
뱀의 형상으로 절망일 것이다

간절한 구원의 기도는 이미 시작되었다

창밖을 보지 않는다
겹겹이 눈은 쌓이는데

안녕하십니까?

고운 그대 손
하얀 백합
야위었군요

무취의 향기
취할 수 있다니
꽃이었나요

이슬처럼
맑은 그대의 온화함
오늘도 빌려 갑니다

지혜와 인덕도 빌려갑니다.

그렇게 의탁한 마음
평안함입니다

취한 한 송이 꽃 되렵니다
영원한 사랑이고 싶습니다

잃어버린 것

도망치듯 달아나고
내가 초연을 잃게 만든 것도 5분이었다

시작은 진화한다
경험하지 않은 속도는
꿈틀대다 미쳐버리거나 주저앉거나
어떤 하나를 선택할 것이다

고양이 입에 물려서
강물의 곡선이 버둥대는 것처럼

목격한 것은 순간이었다
끄나풀 두께의 몸은
승리하고 달아났다는 등 뒤 사람들의 그 이야기가 무서워서
습한 날의 그 시간 그 길을 갈 수 없었다
나는 무서웠고
오래도록 끔찍한 목격을 떨쳐버릴 수가 없다

나는
형상이 보이지 않는 두려움은 견딜 만하다
거슬러 생각하니

원 달러 아이들

새가 되어 날아온다
품에 껴안은 채 어미새는
휘이 손을 내저으며 가까이 가란다
내저은 손에 한 발자국 다가와
풀 반지 억지로 끼워주고
뽀얀 손바닥 내민다

서툴지 않은 이말 저말
반짝이는 눈이 가슴 시리도록 맑다
까만 손등으로 닦아내고
웃는다
옥수수 닮은 치아 사이로 튀어나온 말
원 달러 천 원
돌아서면 아플 가슴 때문에
아무 말 못하고 손바닥에 얹었다
달려가는 나무 밑엔
조금 더 작은 아이를 끌어안은 엄마가
웃고 있었다
아주 행복하게

두 아들에게

내 안에 있을 때
가장 아름다운 언어를 가졌다
탄생의 기도는 쉬지 않았고
심야에 교향곡은 너를 위한 나의 노래였다
너와 만날 날을 위해
나의 목소리에 색깔을 입혔고
감정의 어떤 격류에도 네가 흔들리지 않기를 바라는
나의 혼신으로 열 달을 간직했다
희열의 눈물로 너를 만났고
이 현실이 빠르게 두려웠다

지켜주어야 한다는 나의 기도는
아직도 끝나지 않았다
상처가 날까 봐 벌레에게 물릴까 봐
절망으로부터 극복하는 기도까지

그리고 지금 나는 감사의 기도를 한다
거짓 없고 최선을 다하는 너희들이
물을 주고 벌레를 잡아주고
고깔을 씌워주는 우리 둘의 사랑을 먹고

늘 나의 기도 속에 살고 있으니 멋진 일 아닌가

너희들이 만날 고귀한 사람을 기도 속에 청했으니
결결이 아름다울 것이다
사랑의 순수한 마음과 손잡고 가는 여정이 되기를
한순간도 기도하지 않은 적이 없었으니
아름다운 길을 갈 것이라 믿는다
나의 사랑하는 아들들아
너희들이 나누는 사랑도 기도하며 만들어가길 바란단다

4월 어느날에

-염**선생님의 추도시-
벚나무 흐드러지더니
비로소 꽃을 피우고
사월의 나뭇가지 아래로
가끔 찾아드는 찬바람

하늘 메꾼 눈부심 있던 날 아침
그리 가시다니요

벚꽃나무 바람 불어
땅에 닿을 꽃잎 시집보내며
잘 가라 인사할 때
그리 함께 가시다니요

라일락 꽃향기 날리며
가슴 헤집고 울고 마는데
붉은 꽃 몽글몽글
명자나무 꽃망울 터뜨려
봄 그리 익어가는데
서둘러 그리 가시다니요

선물 같은 환한 웃음에
곰돌이 옷 입으시고 땀으로 적신 열정에
건강하신 줄 알았습니다

몸 안에 몹쓸 병 버린 줄 알았습니다
만남의 기쁨처럼 그리 살면 되는 줄 알았습니다

선생님
우리 동네복지사로 그 열정 기억하겠습니다
웃음으로 주셨던 감동은 배려였습니다
그 내면의 깊음도 우리는 기억하렵니다

헤어짐이 슬프나
우리 모두 언젠가 돌아갈 그곳 알기에
작별의 인사를 드립니다
마지막 일 줄 몰랐던 탁자 앞에서
주셨던 따뜻한 마음
평안한 안식을 누리소서

"꽃이 피다" 시의 언어로 작별의 인사를 드립니다

13

하늘길 가시는 안**선생님께

고인이 되신 선생님께
국화꽃 한 송이 올려놓으며
좋아하시는 막걸리 한 그릇
옆에 놓습니다

병실을 뛰쳐나와 사투를 벌이며
문인으로 남기신 마지막 목민심서를 봅니다
200년 전 다산의 정신과 사고를
청소년들에게 어떻게 전달할까
이 시대 청년들이 고뇌하는 삶에
교육자로서의 함께 하고자 했던 선생님

이제 다 내려놓고 편히 가셨는지요
쓰다만 글 이야기로 주시고
병마와 싸우며 그린 그림 주시며
짜장면 사주신다고 붙잡으시던 그날이
선생님과 부르던 노래의 마지막이었네요

미처 다하지 못한 일들
하늘에서 다 이루시길 바랍니다
아름다운 하늘길에 서서

학의 날개로 느릿한 춤 마음껏 추시고
이제 떨림 없는 노래 들려주시길 바랍니다

함께여서 자랑스럽고 행복했습니다
소년의 웃음으로 항상 꿈을 꾸시는 선생님을
이 인사로 보내드립니다

선생님
평안한 안식을 누리소서

일상에서

빛을 감춰둔 시간
참새의 새벽 소환에 숲은 기지개를 켠다
뚫린 나뭇잎새 사이로 줄기 하나 찾아든다
잠 깨우는 조심스런 몸짓에 미동 없다
분주하게 배관을 타고 오르내리다
필요를 충족시키려고 찾아가는 무진
더 뿌리를 깊게 내릴 오늘도
생존의 필요 질량이다
그렇게 무심으로 흘러가는 마음이 숲이다

그것만 보자
집착은 욕심이다
흔들리는 대로 갔다가 날개를 툭 떨구고
벗어버린 나목의 겨울은 어떠했는지
생존을 위한 시작 따윈 없다

넘치지 않는
빛을 감추어 두는 숲엔 그러한 생명이 있다
기쁨의 실체가 넘치지 않기를
나는 한 그루의 나무를 심는다

아버지를 위한 기도

거리를 뒤흔드는 소리
빠르게 사라진 자동차
누군가가 희망하기를 기도한다

나의 아버지와
이별을 준비하는 시작은
너무나 길었다

열정의 시간들은
혈관의 활력만 불어 넣으면
기적처럼 돌아온다 믿었다

떨어지지 않으려고
단단히 뿌리를 뻗는 풍란이기를
슬픔 감추고 응원했다

우체국 앞 지나다가
엽서에 적어 보냈던 많은 말
아버지 사랑합니다

아버지 사랑은 늘 푸른 하늘이었다

그녀를 위한 기도

햇빛이 가득히 찾아오는 탁자에
그녀와 함께 하고 싶었다
봄 내내

나무 그늘 아래 누워서
무성한 잎 사이로 보이는
하늘과 구름을 먼저 꺼내어

빨갛고 파란 자연의 신비를
그녀의 손에 얹어 주고 싶었다
아직도 보드라울 손에 가득히

말하지 못하는 그녀의 언어를
내가 알아듣고 우리의 방식으로
못했던 이야기 전하고 싶었다

맴도는 말들은 쌓여 가는데
잊은 적 없는 그녀와의 만남은
가까워지지 않는다

조문하다

가까스로 국화꽃 한 송이 올렸다
떨리는 손, 빈 종이에 눈물을 쓴다

어떤 말을 해야 할지 모른다며 고백하고
세상 더 함께 하지 못해 슬픔이 아프다며
평안한 안식을 빈다고 계속 떨리는 손

하얀 국화꽃이 가득 피었다
몰아치는 11월 바람에 국화꽃 향기는 잠을 잔다
굴러온 마른 잎처럼 오가는 사람들

지금은 그렇게 흘러가자
눈물이 가는 대로

2022. 11. 2 이태원 조문

고마워요 엄마

오늘도
찰랑거리는 엄마 목소리
아침 햇살처럼 맑군요

나의 엄마
유월의 살구라 생각돼요
출근길 아침 그를 따라나서면
발등으로 굴러와 입 맞추는 살구

사랑 충분했어요
병에 걸린 일 없고 따뜻한 사람으로
닮게 해 주어서 고마워요 엄마

유월의 살구처럼
아직도 풋풋한 엄마의 소리는
부드럽고 당당한 조화입니다

엄마를 응원합니다

오월의 선물

어머니 앞에 바치려는
아들의 마음 덕분에
오월은 내내 설레임이다
아내의 이름보다 무거운 이름 어머니

몇 번의 거절은
아들의 수고를 더하게 한다
그것이 사랑의 증표라면
오월엔 너의 그 마음 안으리

기쁨 뒤에 감추어 둔 송구함은
이렇게 말을 한다

너의 여인에게 열정을 가져라
너의 그녀에게 바쳐라 라고

봄이 되면 꽃이 피듯
오월엔 날 더 사랑하는 아들은
뱃속에서부터 기쁨만 주었다는 나의 기억

모성의 사랑은 그 기억밖에 없다

아들이란 이름

설레는 이름 아들
나의 욕망이 달라진 건 우리가 만나고부터다
어쩌면 또 다른 아름다운 만남이 시작된 것이다
봄 오지 않은 적 없었고 아픔 아닌 적 없는데
날마다 새로운 날이었다
언어가 달라지고 이제 네가 가는 길 어딘지 모르는데
엄마에겐 변한 게 없는 아들

산달의 뼈마디 쑤시는 통증을 알 리 없는
아들들의 어머니는
짝사랑에 가슴앓이 후 순애보를 남긴다
어머니!라는 뭉클한 훈장을 달고
너희들만 잘살면 된다고 호기 있게 말하지만
부모 형제 몰라라 하며 잘 살 수 있을까라며
기도 속에 사랑 많고 따뜻하고 지혜로운
평생의 부부연이 되는 사람이기를 청한다
세상의 아들들을 위한 어머니의 기도는
오늘도 계속된다

작은 까페 이야기

내가 사는 동네 도서관 옆
아담하고 소박한 2층 하얀 집
테이블이 몇 개였더라
예전에 이 자리는 무엇이 있었지
마흔은 되었을까
노란 길고양이에게
따뜻한 날을 주는 카페 사장님은

진실한 커피 맛에 착하다 싶은 사람들
나는 그리 믿고 그곳이 좋아졌다
가파른 계단을 오르면 햇빛 가득하고
2층 창밖은 오가는 사람 없다

유리문에 붙어있는 작별의 편지
답장을 보낸다
아늑한 공간으로 자리 잡고 소식 주세요
또 떠날 때는
목련꽃 피거든 떠나 주세요라고

아버지로 살면서

아버지
아버지의 고향이 잘 있던 걸요
남루하지 않은 숲의 새들과 구름
이름 없는 풀들의 환영에
그곳은 그리움입니다

흙 많아 애써 털어내야 하지요 그곳은
고무줄 바지에 시린 손 넣은 아이의 겨울은
시월의 구절초가
하얀 꽃물결로 흐르듯 펼쳐진 곳일 테고요
아이의 검정 고무신은
개울가 송사리 떼를 잡느라 분주하고
사방 능선이 주는 모성으로 아이는
그 사랑의 기쁨을 가득 취하고 그곳이
이 충만한 사랑의 터 아버지 고향일 테지요

속절없이 세월 산 남자는
숲과 하늘이 구분되지 않는 그곳 편히 한번 못 가보고
남편으로 아버지로 이향의 바람을 안고 사셨으니
추억도 그리움도 꽉 찬 삶에
그저 잊은 듯 사셨겠지요

아침이면 수십 년 가시던 그 한길 마치고도
그 쉼터로 가지 못하셨던 아버지의 시간들이
한 폭의 그림으로 펼쳐집니다
아버지 생애
열정이 추억처럼 아른거리고
업적이 기억으로 자랑스러워져
아버지 이름 고요 속으로 사라진 적 없습니다

가끔 속울음으로 당신을 사랑해 봅니다
아직도 그 울음으로 그리워합니다

나의 빛

천상에서 오는 무언
그대가 주는 떨림을 안고
세상이 내게로 왔습니다

풀잎이 녹아내린 후
생명으로 오는 지혜를
유순함으로 배웁니다

새벽을 말리는 다정함
무심으로 푸르름
기적 같지 않은 날을
많이 살았습니다

침묵으로 수긍합니다
눈부시게 빛나는 순간
가슴이 뛰는 시간인 것을

은총입니다
빛으로 오는 그대

너의 꽃잎이 지고

눈물이었다
네 마음의 내 마음

마치는 생에
축복을 주었던 손 접고
가슴 내리고 내려서
덤덤한 흥분

짧은 머리 위로
늦가을 비 내리는데
그것에 마음 실어
울지 않은 너는
눈맞춤 없이 나를 보내고
감춘
거센 눈물로 떠나 보낼 너의 사랑에
내 아낌없는 눈물은 그 자리 떠나온다

눈시울 건조한 그날은
그의 기도 속에 있다

*친구의 남편이 세상을 떠났다

그녀 이야기

계절이 가고 올 때면 그녀에게 계절의 옷을 입힌다
몇 해가 지나도 소리 내어 불렀던 이름에서
난 멀어지지 않는다

이름 앞에 성을 붙여 부르던 나의 습관은
세월 지나도 여전히 그러하다
어색치 않게 돌아보거나 웃음으로도 대답하던 나의 친구
우린 어땠을까 지금 서로 가까이에 있었다면

생각해 보니
그다지 추억이라곤
수저 부딪히는 소리가 가장 많았다
길게 걸어본 적 없고 멀리 떠나 본 적 없던 우리의 시간들
언제부터인가 그녀의 반복적인 외출은 병원이었고
나는 늘 그녀가 좋았다

익숙한 웃음 전화선 너머서 들을 수 없게 되고
정수리 하얀 머리가 확연해지는 걸 그녀는 알았을까
감추기 버거워 하나 둘 풀어내고
나에게 건네던 절규 같은 온기

나 잠들면 가라던
그녀의 손에서 살며시 빼오던 나의 손은
중환자실서 성호를 그었고
손 모은 기도는 끊임없이
눈물을 훔치었다

우리가 짧게 걸었던 코스모스 그 길
슬프지 않게 걸어가야지

그녀의 웃음에는 맑은 피가 흐른다

말하며 눈물을 보였는데
흐르는 눈물을 말리고 금방 웃음이 되기도 한다
그녀의 상기된 얼굴을 보며
예전에도 그녀는 이랬었던가

내가 사는 것이 너무 힘든데
친구란 이름을 가진 그녀의 수신거부가
웃긴다고 말했다

힘들어서 보내는 것으로
정리하고 싶다고 말했다
언젠가 모두가 떠나는 세상
지금 떠나도 되는데
연명되고 있는 것이 답답하다고 했다
전화가 걸려 올 비상 상황에 지쳐가고
얼굴을 마주 보면 생채기를 내며 살고 있는데
그 사람의 친구들은
시간을 내어 방문하고 외출을 해 주니
그의 인생은 잘 살았나 보다고 말한다

그녀에게 변하지 않은 한 가지

내 생각이 있다
진솔하고 어떤 말에도 고개가 끄덕여진다
흐르는 눈물을 주먹으로 훔치며 웃는다
사람이 그렇더라라며 또 웃는다

그녀의 웃음에는 가장 맑은 피가 흐른다
그 맑은 웃음으로 이 만남을 마무리한다
잊고 살다가 생각나면 만나자고 한다
너를 좋아한다고 그때도 말할 것 같다며

급히 사라지는 뒷모습에 기도를 한다

병원에서

구부정한 어머니는 놓칠까 뒤를 바짝 따른다
수납을 하고 온다며 급한 발걸음에 몸 돌려
앉아 있으라 덧붙인다
싸하니 매운 목소리에 일어나려던
어머니의 엉덩이가 의자 끝에 걸친다

돈이 많이 나오나요
웃음 없는 얼굴이 물어왔다

상심한 얼굴은 통 넓은 바지를 내려다보고
바지 속에서 말라있을 다리를 난 바라본다
절여진 배춧잎처럼 구겨진 세월
그 세월이 죄인이다

인사동에서

가슴 설레며 걸어요
손짓을 하는군요
발 길 향합니다
말 없는 세상에 머무니
그 여백에 쉬어갑니다
잠그지 않은 고즈넉함 또 쉽니다
쌍화차 진한 향기 위로
침잠하는 하루
그것으로 충분합니다
널 사랑한 오늘입니다

반성

나를 찾으려 길을 떠났다.
기성 시인으로서 많은 글을 써본 사람이라고
그렇게 말해 주었다. 두 번째 듣는 이야기다.
전혀 틀린 건 아니었다. 아주 오래전부터 나는 글을 썼고
용기 있게 꺼내 놓았으니 말이다
지금 난 고민 중이다
상투적인 시로 언어로 내가 부재중인 건 아닌지
압축성이 주는 모호함을 독자의 몫이라고 던져 놓는 무례함
까지 행하고 있는 건 아닌지 말이다

내가 선택한 시의 언어를 극찬받으며 그렇게 종결한 시에서
무한한 가능성을 본다 라며 칭찬을 받았는데
나는 내가 못 미덥다
시를 낳기 위한 산모의 고통을 가져 보았는지
나에게 묻는다
담아두고 꺼내어 보고 또 보는 일을 난 하지 않는다

엉덩이를 붙이고 살자라며
반성의 시간을 가져본다

성숙

풀잎 익어 군내 나는 날
하루 종일 늦가을을 앓았다
찌는 한여름 냄새를 내다보며
들뜬 열병은 창백해지지 않는다
축축한 머리 둘 곳 없어 헤매다
광합성 좋은 자리로 눕는다
징징거리는 구차한 나의 기도는
성숙할 줄 모른다

가득하고 빈 것이 무엇인가
끝이 없는데 길이 보이질 않는다
돌아눕고 뒤척이기를 몇 번
기름옷 껴입은 생선이 된다

감기는 쉬이 떠나지 않을 것이다
몇 번을
더 돌아누워야 한다는 것을 안다
때가 되면 일어나는 풀잎으로는
싫다

오늘도 부르는 노래

응원한다 친구야

모질지 못해 뒤섞인
감정의 덩어리
그 정 버리라고 말했다
오늘은 너만을 위한 내 마음
더는 너덜해질 가슴 없기를
독하게 말해주었다

찻잔 앞에서 침묵은
너의 통증 심한 상실이다
흔들리는 네 초점 앞에서
언제쯤 무색한 우정 접을까
응원을 보내는데

콧노래 같은 목소리는
읽다 만 책마저 읽어간다
떼어낼 수 없는 너의 우정(友情)에
나는
공허해진다

가족 송년회

설레임에 입술 덧바른다
저만치 청년은 무표정으로 서 있다
핸드폰을 보다가 내 눈과 만난다
연속의 무표정이 낯선 듯 익숙한 듯하다
저 아이는 잃어버린 걸까 웃음
앞에 선 젊은 남녀는 웃고 있는데
가족처럼 보이는 사람들도 웃고 있는데

저쪽 입구에서 작은 아들이 손을 번쩍 들고 내게 온다
치아가 고르다
가족을 만났다는 반가움보다 안도감이 크다
시작될 축제의 밤에 나는 계속 웃었고
작은 아이의 카메라에 나는 계속 저장된다
특별한 날의 내 마음 담아주는
작은 아들의 친절은 항상 즐겁게 한다
아이의 아버지며 내 남편이 직선거리에서
무표정한 큰 아이처럼 걸어온다
걸음도 닮았고 얼굴 사용법도 닮았다
이러한 닮음이라면 좋겠다 하는 남편은
장점이 많은 사람이다

예약된 좌석으로 앞장 선 큰 아들의 어깨가
더 든든해 보이는 시간
아들의 따뜻함은 무표정 만남이 언제 있었는지 싶다
이곳에서 최대한의 만족감을 주기 위한
아들의 섬세함 덕분에 다음의 외출에 기대가 된다
가족을 위한 시간을 주관하고 함께 하는 추억을
만드는 큰 아들을 중심으로 가족은
또 하나의 사랑을 저장한다
매번 우주를 품은 듯 벅찬 시간은
든든하고 단단한 근육이 되어 가족이라는
견고한 울타리를 만든다.
이러한 가족은 우리들의 희망이다

치매, 꽃으로 보자

꽃으로 보자
여리게 피어난 날 지나
단단한 아름다운 시간들 있었던 걸
떠올리며 보자

흔들리는
그대로 보자
마음의 균형을 잃어가는 건
그도 원하지 않는 만남이라는 걸

네 잎 지고 남은 한 장의 꽃잎으로
휘청거리듯
어지럽게 흩어진 구조들

그 무너진 질서의 소란들은
아프다는 사실로 머물도록
내 안에 자리를 조금만 만들어 두자

감정의 분출 그 움직임들에 떠밀려
그들도 가끔 슬퍼한다는 걸

어떤 변화와 과정에 흔들려
알 수 없는 예고의 두려움 있다는 걸

홀로 가는 아픔이 되지 않기를
응원하는 마음
꽃으로 보자

*치매안심센터 인식개선 공모전 당선작

숲속은 지금 연주 중

한 여름밤
끊길 듯 이어지는 곡선에
칠월은 춤을 춘다
푸른 깃발 펄럭이며
숲으로 걸어가는 나무들
고개 든 들풀의 날아갈 듯 추는 바람에
청량한 숲 향기 노래가 된다
붉은빛 서서히 오는 발걸음
낯선 소리꾼 시간은 애잔하고
손닿을 듯 어둠 내려앉을 때
분주하다
초승달 채비하는 시간은

이 찬미의 시간
오후의 평화롭고 아늑한 향기
황혼의 발걸음에 감사의 기도를 한다
수고한 시간 우리 모두에게
모든 걸 잠시 내려놓고
행복하길

아름다운 이별

서리 내린 언덕길
사랑스럽구나

그 언덕 설운 이별에
아름다운 동쪽 빛나고

수놓은 붉은 손수건 위로
격정의 편지 쏟아진다

푸른빛 잃은 언덕길
그대 가는가 오는가

잠시 눈 감은 기다림
그리움으로 안부를 묻는다

나목

춤추다 멈춘
볼 빨간 얼굴이 기댑니다
부끄러움 낮게 숨어들고
찬바람에 몸을 숨기는 오늘
이름을 묻습니다
숨어버린 나뭇잎의 무언에
주머니 손이 용기를 잃습니다

부끄러워 몸을 떠는군요
바스락 소리에 가슴 여미고
인고의 시간으로 갈 시간
이제 따듯함이 필요하군요
지난해 몹시 추웠던 그대에게

차 한 잔 내려놓고 갑니다

우리는 불면증

자정 지나 귀가하는 발자국
이제 초침 소리는 없다
인기척에
불빛이 사그닥 소리를 낸다
스위치로 촛불 밝히는 아름다운 몽환
기도는 범람한 두통이 된다
신호음 다음
뼈 부딪히는 소리로 현관문 열리고
짧은 눈빛으로 하루 안부를 묻는다

깊은 평화의 시간은 너무나 짧다

깃털 속에 파묻힌 무기력한 새벽을 털고
이미 빠져나간 내 울타리 안 사람들
그들의 영혼을 바쳐 평생을 성실할 의무
축축한 수건도 공헌을 한다

용량이 되는 준비된 내 기다림처럼

낯선 시작

이국적 향기라 해두자
그 길을 지나는 건
다른 사람으로 가고 있는 건
또 다른 탄생의 시작이다

산실을 나와 처음 만난 세상인 듯
낯설다
커지지 않는 나는 돌아가야겠다
어머니의 열 달 속으로

간다고 온다고 흔들리는 건
아무것도 없다
들뜬 내 감정만 휘청거리는 거라고

지금은 따사로운 양지
자양분이 된 시간들
흔들리는 꽃으로 살고 있는 우리

감사할 시간

풋미역처럼 윤기가 흐른다
비릿한 내음의 시간들이 갔다
투박하고 불쾌한 밤을 데리고

장벽이 걷히고 땡볕
이 탕약을 마신지 얼마만인가

오늘 어둑해지는 산자락에 서도 좋다
두둑하게 주셨고 채웠다
추임새 넣는 기지개로 평안도 확인한다
작은 무덤처럼 봉긋할 체중도 기쁨이다
뻐근했던 홍역이 끝난 오늘은

한 뼘을 위한 까치발 위로
복숭아꽃 물들인다
봄 향기는
하얀 쌀밥 물들이고
아지랑이 뒷모습에 보이는 초록 물결
감사할 시간이다

아버지십니다

괜찮다 말한 적 없는 당신
당신을 만나러 갑니다
왜 그리로 가냐고 묻지 않으시니
제가 여쭙니다
당신은 어디 계십니까

화낸 적 없는 당신을 만납니다
청원의 내 기도는 점점 길어지고
저는 부끄럽습니다
굴곡 없는 양식을 주셨고
아버지의 집은 항상 열려있는데
저는 어디로 가려는 겁니까

아버지 경배합니다
한 말씀만 들려주소서
당신을 위한 노래를
가장 가까이서 부르고 싶습니다

우산 2

잃어버린 우산에게
행복한 이야기가 있었다는 걸
잊어버렸다

돌아가
7-2라고 말했다

누군가를 주인으로 알고
이미 가버린 우산

꼭 이렇다
나는

쓰나미

잃어버렸다 나를
순식간에 덮어버린 일
어디엔가 있을 것만 같아
찾는 수고를 했다

며칠째 앓았다
충혈된 심기는 감기를 동반했고
돌아온 건 크게 없다
조금만 차분했었어도 덮어쓰지 않았는데
날라가지 않았을 텐데

후회했었던 일을
그리하여
상심이 컸던 기억이 스멀거린다

실수와 손실 앞에서 다짐을 한다
다시 시작해야지
천천히 詩作하는 거야

미술관 (도심에서 숨쉬다)

그립다고
목을 틀어박은 새에게
나무는
아서라 손짓을 한다
소란함에 떠나야 마땅한 7월은
자동차 경적소리에 익어간다
멈춘 듯 어스름한 공간
고즈넉한 빗소리는
창작의 산실로 깊어가고
내면 깊어지는 밀실처럼
은밀히 별이 되는 시간

그곳에
꿈을 열어주는 사람들이 있다
행여 오시려나 기다림이 있다
고즈넉한 손짓이 있다

혹여 검붉은 가슴에
고즈넉한 손짓
화답이 있다

가끔은 이렇게

눈부신 빛이 골짜기 잔설에 반사되어
혼자 오르는 늦겨울 오후
그 산길 맑다
복잡해진 생각은 정리가 안 되었고
제대로 준비하지 않은 선물을 든 손이
시리지 않다
다행이다 그런 날 가게 되다니

층계 많은 산길은 힘들지 않다
생각해 주는 깊은 마음에 그저 좋다
공기의 전량을 끌어안고 오르내렸을 길
성찰의 시간을 살고 살고
그리 생각할 때
바람이 앞으로 와 뒤로 돌아간다
사그락 마른 나뭇잎이 새소리처럼 정겹다

소년의 가지런한 치아만큼 맑은 웃음
여전히 평화스러운 그 모습 느껴져
내 평화의 인사를 드린다
잘 계셨다 생각하니 얼마나 감사한가
계속 그러하시길 합장하다가

하얀 양말에서 나의 시선이 멈춘다
그 두께에
한 뼘 키가 커져있는 걸

코끝 불그스레함도 산 추위였다
지금은 아랫목 따스함이 계속 그리울 때

빨리 따스한 봄이 오기를 기도한다

제주 겨울

도로 위로 쌓였던 눈이 회오리가 된다
피아노 건반의 반음 소리를 내며 바람이 지나간다
해일에 안겨 출렁이듯 거리로 튀어나온 파편들
차갑고 싸늘한 입맞춤이 도로를 휘몰아친다

하얀 드레스 끝자락을 잡고 겨울의 신부들이
손에 손을 잡고 춤을 추는데
바람은 달아날 듯 멈출 듯 볼을 때리고
폭우처럼 쏟아지는 머리카락의 욕망
이제 그 요란한 소용돌이는 휴식을 취한다
무참한 침몰을 안고 가버린 건 외면이었다
용서한다는. 이런 것이 뭐라고
가빴던 호흡이 무심한 동행에 내려놓는다

동백꽃 수려한 자태로 살포시 내려앉은 걸 보니
봄이 코앞인가 보다
동백나무 아래
붉게 장엄하게 물들인 걸 보니 봄이다
등 뒤 따스함에 눈이 감기니 성큼 온 봄이다

서울의 친구네 보리가 죽었다고 한다
봄이 오는데
울퉁불퉁한 동백나무
세월을 말하듯 그랬던 보리
충분히 슬퍼할 시간이 위로일 것이다

단단히 잠근 차문이 흔들린다
잠시 눈 감으니
보고 싶은 많은 것들
제주 겨울은 봄이다

그 겨울 그리움

너를 찾지 않았을까 왜
가슴으로도 잊은 적 없는데
그리움보다 컸던 내 분주함
언젠가 만나게 될 거라는 약속 같은 생각

하얀 얼굴 빨개지면 열여섯 되고 마는 너
안경 너머 뿌옇던 우수 짙은 날
눈 쌓인 밤이었지

가느다란 너의 목소리 몇 번
길쭉한 글씨체의 편지 몇 통
그리고 우리는 어떻게 되었던 걸까

언니 때문에
아버지는 몹시 속이 상하셨다고
외국인 회사에 다니니 남편이 외국인이면
어쩌냐고 난 위로 못 했고
너도 같이 떠날 것 같다는 이야기

명진아 꼭 하고 싶었던 이야기가 있다
젊은 날에 가장 예뻤던 아이였어 넌

너의 윤기 흐르던 긴 머리만큼
마음 결 고운 사람이 너였다는 걸
내가 기억하는 가장 착한 친구였다는 걸

보고싶다 라는 말 적고 또 적고
오래전부터 말이야

*이명진이란 이름의 친구를 꼭 찾고자 적어본다

시인에게 전하는 인사

황송한 계절에
빛이 되는 주옥의 글들을
책으로 그림으로 채워주시니
맛보지 못한 이 기쁨에 감사드립니다
가을의 풍요는 하늘과 땅이 만들고
우리 살아가는 충족과 유익은
시인이 만들어 가는 거라고 생각합니다
사람과 자연의 수수한 이야기가 만드는 글은
문인들이 해야 할
이 가을의 일이 아닐까 생각합니다

글은 참회입니다
소망이었으며 기도이며 봉헌입니다
사랑이며 은총입니다
꽃씨를 주워들어 꽃을 피우는
참으로 아름다운 행위입니다

항상 건강과 평화를 빕니다
시인님의 문운을 빌며
감동의 꽃이 한 권의 책으로 피기를
저도 고뇌합니다

나무에게

잔인한 추위에 잘 살아주었구나
지난여름
든든하게 버티어 주었던 나무는
송두리째 뽑혀 산길을 가로막았지
그걸 본 옆 나무들이 긴장했는지
희미한 눈빛 한번 없이 쓰러지기 시작했어
지금껏 본 적 없는 숲은 놀랐던 모양이야
잡았던 손을 놓아 버렸는데
그동안 황홀한 포만감에 살던 나는
우리들의 무심함을 탓했지
지하철로 가는 이 숲은 우리들의 정원이었고
나무와 새들이 노래하는 좋은 친구였지
겨울은 건강해서 봄을 낳아주었고
봄은 쑥쑥 자라서 여름과 가을을 선물했어

더는
휘청거리지 않기를 바라면서
천년을 함께 하자 속삭인다
너를 타고 오를 생명의 소리가 들려
자연이 주는 사랑의 파수꾼이 너라는 걸
오늘도 너를 만나러 간다

짧은 시 모음

· 기도
  나의 최선

· 살아있음
  카톡카톡

· 연습
  오늘은 누구에게나
  처음인 걸

· 우리 모두의 관심
  핸드폰

· 행복해지는 법
  예감하기

· 맘대로
  동화를 쓰려고 했는데
  시가 되고 말았다

· 긍정
  인간의 여건

· 봉사
  아침에 화났던 사실을
  까마득히 잊었다

· 꿈
  반드시 이루어진댄다

· 진짜 슬픔
슬픔을 잃어버리는 거

· 영양제
  주는 맘 그리고 받은 맘

· 아버지
  길에 눈물을 버리고
  귀가하는 사람

· 겸손
  모르는 것이 많습니다.
  잘 부탁드립니다.

· 은총
  무탈한 날

백일홍이야기

바다에 사는 이무기는 여자를 좋아했다
아주 오래전부터 그 마을에 사는 여자를 제물로
바치지 않으면 섬을 뒤엎어 여러 사람을 죽게 만들고
농작물을 집어삼켰다
내일이면 이제 마지막 남은 동네 처녀는 이무기의 제물로
바쳐진다 동네 사람들은 슬픔에 가득 차 있고
마음 착한 동네 처녀 꽃순이는 마을 사람들을 위로했다

멀리서 배 한 척이 들어오고 있었다
몇 해를 누구도 이 섬에 오지 않았던 터라
사람들은 궁금하여 바닷가로 모여들었다
배에 탄 청년은 섬사람들의 슬픈 이야기를 듣고
이무기와 싸울 대책을 세운 뒤 꽃순이의 한복을
준비해 달라고 했다 여장을 한 청년은 이무기를
죽이면 하얀 깃발을 달고 100일 안으로 돌아오겠다며
섬을 떠났다

청혼을 받고 하룻밤의 사랑을 나눈 꽃순이는
하루도 거르지 않고 바닷가에 나간 청년을 위해 기도를 했
다. 그리고 100일째 되던 날 멀리서 배가 보이기 시작했다.
점점 다가오는 배의 머리엔 붉은 깃발이 펄럭이고 있었다.

하얀 깃발이 이무기의 피로 물든 줄 모르는 청년은 사랑하는 꽃순이를 만날 기쁨에 이무기 피로 깃발이 붉게 물든 줄 몰랐다.

가까이 오는 배를 보고 가슴 졸이던 꽃순이는 그만 붉은 깃발을 보고 너무나 황당하고 슬퍼서 바다로 뛰어들어 목숨을 끊었다

100일 뒤 100일 동안 기도하던 그 자리엔
꽃순이의 혼으로 피어난 꽃 한 송이가 있었다
사람들은 그 꽃을 백일홍이라 불렀다. 백 일만 피고
사라진다는 꽃으로 그 꽃말은 인연 행복이다.
백일홍꽃은
슬픈 이야기, 애닲은 마음의 산물이다

* 이 이야기는 백일홍 전설처럼 흘러 내려오는 많은 사람들이 알
  고 있는 이야기이다

오늘도 봄

한참의 부재 속에 네 이름 잊었다
오래 기다려 온 너의 이름

색 바랜 마른 소리 요란한 오늘
너의 이름 성급히 불러 본다

단단히 여몄을 꽃 한 송이
화답하며 노래를 부른다

이 무망 속에 환생
너의 기억 더듬거린다

문득 외롭지 않을 너에게서
한 계절에 두 계절을 본다

내 감미로움은 아직 가슴이 시리고
그분을 경배하는 노래를 부른다

눈 내리는 날

얼굴이 멀리서도 보여요
사람들은 웃었어요
창밖에 바람이 있는데
마음 따듯한가 봐요
뭉실 구름 조각되어 날리는 데
나뭇가지엔 하얀 꽃이 피었어요
이기심도 모순도 오늘은 꽃이에요

기름 냄새 풍기며
김에 솔질하는 엄마의 아침 인사
눈 온다 눈 와
엄마도 그리웠을 유년의 눈 내리는 날

창가에 서니
온통 하얀 꽃잎이 화사하게 웃고 있네요
청아한 흰 꽃의 오늘이
창밖엔 바람에 흩날려도
오늘은 당신 것이에요

끝 그리고 시작

뚝뚝 떨어지는 단절
붉게 수놓은 위로 마른 주름
욕망이 파괴되는 시간이다
가을옷 능란하게 벗어버리고
조바심 떨다 성급히 떠난다

구원의 내미는 손이 시렵다
어른거리는 영혼이 바람에 날리고
욕망의 시신이 밟힌다
돌아서 목을 축이면 곧 다가올
찬란한 침묵의 시간

부활이다
죽어야 산다는

여정

파도치던 염원들을 이제 보내고
빛으로 다시 주워 듭니다
마지막 종이 한 장 뜯어내니
나의 열정들이 그립습니다

어떤 사람이었을까 나는
흐리게 알 것도 같습니다
늘 부족한 시간을 두고
잠들었다는 것

순간 마음 젖고 마르고
만 개의 계단을 올라도
빛이신 어머니 모습
저일 수 없습니다

새벽 아침을 만나는 건
당신의 자애로운 얼굴을 뵈옵는 일
오늘도 나는 기쁨입니다

아침 인사

아침은 드셨나요
전화를 받지 않으셨어요
무슨 일이 생긴 건 아닐지 편지를 써요
문밖에 계시면 좋겠어요
마당 주홍빛 철쭉꽃 잎 만지시며 말이에요
나의 집 나의 사랑 나의 추억들
봄엔 언제나 그 사랑이 있어요

너무 오래 사나보다, 아프단 말 안 하려 하는데
그래도 감사하구나 집에 아주머니들 오셨어
하루를 즐겁게 살으렴
사람도 자꾸 만나야 활기도 생긴단다

엄마는 그렇게 말씀하시죠
오늘은 정말 아무것도 안하고 싶었었는데
채비를 합니다

부족한 정성에도
어찌어찌 잘 살아가는 베란다 초록에게
오늘의 첫인사를 전하며
엄마 사랑합니다 라고 인사를 합니다

여행을 가다

괜찮냐고 물었고
괜찮다고 말해 주었다
동행에 인색하지 않은 사람

친구의 보따리는 포용이 가득하다
목적지가 어디든
길벗이 된 우리에겐 흡족한 여행이 된다

함께 가는 길 오늘
서로를 이해하는데 우리는 마음을 쏟고
이 훈련은 우정의 확신이다

피로감 없는 시간으로 한낮 훌쩍 가고
감정의 과습은 서로에게
노을빛 시가 된다

이별은 매일 오고 떠나고 떠난다
오늘은 가난하고 쓸쓸한 가슴을 보이는 것에
주저하지 말자며
우리는 시를 쓴다

감동은 사랑이 오는 것이다

세심한 심성을 볼 때마다
고맙다 생각했는데
아이를 낳아 엄마가 되어서도
변함없는 마음의 씀씀이가
감동이다

집안 행사에 편하게 다녀가라는
진정성을 담아 글을 보냈건만
아이 챙기랴 선물 챙기랴
감동으로 왔다

돌아가고 난 뒤 생각하니
북적거림에 소홀한 인사라 생각되어
오늘 다녀간 사랑의 맘
다시 찬찬히 생각하며 편지를 쓴다
얼마나 고맙고 감사한 일인가

감동은
사랑이 오는 것이다

평온한 그 자리

우산 1

허름해서 잃어버렸다
이제 내 것 아닌 양
찾지 않기로 하고 떠나왔다
익숙함이 좋아서
그저 좋아서
자꾸 생각이 난다

가을 시작에서

그녀가 가을바람으로 왔다
가을바람으로 성급하게 온 그녀는
며칠째 누워만 있다고 말한다
우울했고 아무도 없다고 말한다

잠시의 외로움에 위로를 한다
나도 사는 게 재미없다고 말하니
시집을 출간하고 신나지 않느냐고 한다

수면 부족의 편치 않은 얼굴빛
소란스럽지 않은 하루가 피곤하다고
나는 왜 시를 쓰면서 고민하냐고 말하려다
그저 듣는다
가을이라서

마우스와 동행한 팔목이 아프다
나도 나에게
왜냐고 묻지 않는다

사랑하는 가을

가지 끝 걸린
그대일까
내 창가에 어른거리는
반가움

무심히 보내온 마음
그 허무에 휘청대며
사랑한다. 내 독백

필연 온다는 무언
말 없는 기다림
그리움 되어

거리 흩날리는 낙엽
하나 집어 들어
연서를 보낸다

추운 길 들어가는
절망 없는 나목
유용한 빛을 향한 질주
아주 잠시 안녕

어느 만추

가슴속에 엉긴 것이 많은 날
이렇게 초겨울 여행을 떠나와
아직은 미끈거리는 숲길에
별을 셉니다
나뭇가지에 걸린 달을 안고
눈부신 숙취 같은 말을 전하며
서늘한 기운에 파고드는 향기
낙엽이었어요
나와 함께해 준 오늘의 어둠 친구
한 웅큼 따라 들어오는 나뭇잎

뒤끓는 심기 내려놓지 못해
사나운 바람 가득 찬 웃음을
침묵으로 보냅니다
몸을 녹이겠다는 숨소리 두고
소녀 하이디가 누웠을 창가의
초겨울 별을 외면합니다

다시 손잡을 수 있을까요
만신의 무력감을 지금은 내려놓고
무형의 사실에서 멀어지려

나는 그러했네요

서리 안고 들어와 시린 가슴
복잡한 모순일랑 망각하는 은총을
나는 해야만 합니다

내 생생한 진실도 이제
내일의 꿈을 꾸려 합니다

오늘

전율 없는 며칠째 견디기 힘들어
발걸음에 마음을 두기로 했다
돌아나가는 길 담쟁이는 준엄하게
수를 놓는다

뒷목 뜨겁게 파고드는 빛에
이거였어라며 오늘은 새날이 된다

배달의 민족 소리
중학생인지 초등학생인지 모를 남자아이
운동화 신발 끄는 소리
골목길 편의점 앞 컵라면 냄새
귀 파내며 가는 느린 걸음의 아저씨
학교 앞 팔랑개비는 휴식 중이다
지나온 길 세탁소 기름 냄새 정겹다
가위 든 미용실 안의 사람과 사람들
나는 몇 가지 진실을 보았는지 모른다
수척하고 덤덤하게 걸어가는 하나하나에
이름 불러본다

오토바이, 남자아이, 편의점, 팔랑개비, 미용실

꽃무릇 그 자리

어디서 왔을까
그저 아무 일 없었던 자리

꽃으로 피어서 다녀갔다는 이야기
장미꽃만큼이나 붉었다는 이야기
닿을 수 없는 격정으로 왔다
그냥 그냥 갔다는 이야기
이 엄청난 일은 순간이었다

염원과 그리움으로 다녀갔을 시간
마중길에서 서성인 애환
수척한 발걸음 거두었을 날

지구 몇 바퀴고 돌아야
시렸던 가슴 내려놓을
그 만남 있을까

그날만 생각하자
그날만

7월에

평소보다 낮은 목소리로 전화가 왔다
아무 일도 없댄다 그냥 다녀간다고
없어야지 별일. 혼자 말한다

지난 여름 커피향이 전화선을 타고 온다
그냥 간다며 아무 일 없다고 다시 말한다
사람 그리워져 보고 싶음 마음이 꿈틀댄다
출판기념회의 시인의 시를 낭독키로 했으니
나의 오후는 그렇게 예정되어 있었다

관심을 의도적으로 더 보태는 건
힘이 되어주고 싶다라는 일종의 응원이다
대충 알고 있는 사람처럼 사는 우리는

뱀딸기 까맣게 익을 즈음을 우린 말했다
장맛비 억수로 내리는데
문상객 신발이 너무 많아 아들들은 분주했다고
아버지 기일을 묻다가 오래전 7월을 이야기한다
아버지 떠나는 길 그 밤의 소란이 멈추고
멈춘 무언가가 많았다고

찔레꽃 핀 날

찔레꽃 본 적 없는 날에
하얀 웃음을 찔레꽃이라고 적었다
밋밋한 적 없는 나의 오월에
그 향기 파편 되어 날리는데
추억조차 만들기 싫은 듯한 너

나는 혼자 편지를 쓴다

어디선가 그 향기에
내 충족한 영감 버리고
너와 청명한 하늘을 보려 한다
야트막한 산 추억의 흰 꽃을 찾으려 한다

그 흔한 추억 흔하지 않은 너와 나는
마르지 않은 흙길 내려오며
활기 잃은 너의 마음 모르는 척

지금은 그대 쉴 때라고 말하기로 했다
신발장 닳은 구두 몇 켤레를 버린다

황매화 아침

그러려니 하려다 멈춥니다
제 계절을 만나
모두 고개 내민 아침
아직은 아닙니다
여미지 않은 가슴으론 망설여져
단단히 채운 내 온기를 전합니다
잊지 않고 찾아오니 반갑구요

오늘은 내 가까이 두어
찔린 통증 잊으려 합니다
그것밖에 안되다니 이런 오만함은
서둘러 내려놓고
빛을 쪼이려 합니다
지독한 수고 오늘은 내가
메고 갑니다

계절아

그림자 길다
기다림이 어색타
번지는 어색함 빠르고
모를 상심이 커진다

오로지 그립구나
벗겨진 무덤 옆에서
붉은 울음 토해내는데
가을빛은 침묵이다

더해지는 주름의 골이
찬란한 빛 속에서 깊다
약간의 절망도 진실이다

이 계절
깊은 수면과 친숙하고자
손을 잡는다

가을엔 춤을

하늘이 내려와 목욕을 한다
숨바꼭질 송사리 떼 분주하고
알몸 사라진 누런 빈집엔
가을빛이 들어앉았다
분주한 가을 여정
실개천 부르는 콧노래에
집 나온 알밤 돌아갈 줄 모르고
손가락 사이로 하늘은 점점 파랗고
춤추는 고추잠자리에 점점 붉다
푹푹 익어가는 계절 소리에
해묵은 가을 이야기

손잡은 강강수월래
춤을 춘다

친구들에게

어떤 오늘이냐고 물어오면
기쁜 작은 생애였다 말하자
기다렸다 나란히 걸었던 길
양 갈래 땋은 제각기 다른 머리

착한 마음 복 받는 줄 알았던
준엄하게 받아들였던 그때

초록 개나리 나무 울타리
그 안에 핀 철쭉꽃 우리 집
불 밝히는 봄
많은 회상의 날이었다

청계천 징검다리 사이로 흐르는 물소리
푸른 하늘 가린 버드나무
자신을 사랑하지 못하면서
우리 여별 있을까

휘청거리지 말자고 단단해지자고
돌아서 오는 길 편지를 쓴다

거울의 일기

그녀는 나를 좋아합니다
그녀와 나는 떨어질 수 없는 관계입니다.
거실엔 그녀의 키 보다 큰 내가 있고 그녀의 방에는
그녀보다 작은 또 하나의 내가 있습니다
나는 그녀가 기뻐하는 걸 보았고
간혹 우울해져 가는 것을 엿봅니다

거실에서 만날 때 의 그녀는 여전히 행복해합니다
좌로 우로 빙그르 돌다가 급한 외출을 합니다
우당탕하고 귀가한 그녀는 거실의 나를 쳐다보지 않고
방안의 또 다른 내 앞에 와 앉습니다
얼굴을 바싹 들이대고 중얼거립니다
그녀의 불만이 많아졌습니다
표정과 목소리에 맞추어 손놀림이 빨라집니다.
얼굴을 지우고 난 후 몇 번의 동작이 멈춰지면
나는 긴 휴식으로 들어갑니다
거울아 거울아
나 늙었니,라고 묻지 않는다면 말입니다

그녀는 오늘도 이 옷을 입을까 저 옷을 입을까
고민을 마치고
우당탕 요란한 소리를 남기고 나갑니다
더해가는 주름진 얼굴, 잡티 많아진 얼굴,
구부정한 어깨, 봉긋해진 아랫배
체중이 늘었어 나이 드니 라는 말
불만은 늘어가는데
그녀를 어찌해 줄 수 없는 나도 안타까울 뿐입니다

고백 2

내 인생에 가장 잘한 일은
당신을 만난 일이었어요

나는 수없이 물었고
당신은 작은 숨결로 옵니다

꾸짖음 없는 너그러움에
나는 기뻐합니다

나의 기도는
내게 주신 은총에 감사였고
가득한 축복의 노래를 드리는 일

가끔의 불신에도
내 발걸음 그곳입니다

비 개인 날

공간의 공유
순간에 사라졌다
반쪽짜리 웃음이 망설이다 모퉁이로 사라졌다
빠른 기계음 소리에 묻힌 소리는
벽을 타고 오른 담쟁이의 수놓는 소리만 했을까
유지된 거리에서 동일한 방향으로의 이동
무언의 약속만큼 단단한 묶음
흩어진 단어들을 조립하지 않았다
둥근 곡선을 타고 힘겹게 올라오는 허기진 소리는
무성하지 않은 그늘에 내려놓기 싫은 때라고

허우적거리며 머리 위로
오후는 화사하게 웃는다
먹구름은 하늘로 하늘로 오르는데

순례자의 길을 가다

춤추는 긴 바다를 걸어서 갔다
반듯한 발자국을 남기며
바다를 캐는 사람은 보이지 않고
산토리니의 하얀 벽을 만났을 때
나를 부르는 의식의 문은 기다리고 있었다

어떤 기억이 침묵하게 하는가
예사롭게 했던 나의 언행이 쏟아져 내린다
순례자의 모습으로 나는 경건해지고
가책의 바람이 솟구쳐 오르니
만나는 시간에 무릎을 꿇는다

떠나올 평안의 휴식처
생각하는 집에서 기원도
그리움의 집에서 자비도 마치고
길을 걷는다
순례자의 길에선 생각의 이동이다
또 어디론가 떠나며 떠나는 것이다

사랑할 시간
살아야 할 시간으로

밤에 쓰는 편지

티끌 모아 태산이라지요
암벽 한 톨의 치열한 전투
어찌 가벼이 여길 수 있을까

우리의 삶도 그러하겠지요
세파와 풍랑의 날들이 지나면
단단한 암벽 되어 나 견고해지니
사소한 감정은 티끌 되어
멈추지 않는 삶의 여정에
산으로 가는 하나이려니

내일의 오늘은
오늘이 있었던 사람들의 것
오늘은 내일을 사는 거예요

새해를 맞이하며

한 장 달력이
낙엽 되어 떨어지고
황송한 인사들이
훈훈함 가득 담고 옵니다

상념으로 맞이하는
한 해를 보내는
예의를 갖추며

지독한 감사를 기도했고
유한함을 알기에
겸허히 기도합니다

성찰이 많아지는 날들
서리 내리듯 하얘지고
나의 시선은 마음을 엽니다

아직도 선택을 주신다면
그것은 신비이며
은총입니다

자랑스러운 기억 하나쯤
간직하며 살아야지 했던 꿈이
욕심이 아니었기를 고백하며

적합한 때에 채워주신다면
내 기도에 자애를 주신다면
오늘이 아닌 다음날에 주신다면

유리구슬이 흐르는 은반의
청아하고 맑은 내 삶이기를
아름다운 고요이기를
새해의 기도로 청합니다

한뼘 코스모스

숨죽인 그늘 아래
외면이었다
너만의 고요한 밤
시간이 흐른다면
너의 비탄 사라지고

머물지 않은 발걸음
버린 것이 아니라
잊은 것이 아니라
애태운 밤이었다

졸인 가슴
꽃이 피는구나
꽃 지는구나
어떤 밤에도

12월이 나는 좋다

서둘러 귀가하는 소중한 보람
거리는 텅 비어 있고 밤은 환하다
도시의 영혼은 빠져나가고 음악만 남아있다
가을은 실로 위대했다
결실이란 선물 남기고 투신하듯 사라져간 뒤
짙은 포도주를 즐기는 시간
돌아온다는 건 필연의 미학인 것이다

종합세트 선물 안에 캐러멜을
주머니에 넣었다가 생각나
밤잠 입안으로 디밀어 넣는다
한겨울 긴 밤
어김없이 머리에 붙어버린 풍선껌
몽글몽글하게 잠에 빠졌다가
익은 등짝 뒤척일 때 코끝 건드리며
한 뼘 컸다는 엄마 아빠의 대화
12월엔 그런 추억이 많다

지금도 12월엔 자란다

꿈길

하늘과 손잡고 있는
그대를 보내고 말았네

뿌연 빛 닫아버린 문 앞
서성거리다가 만난 눈물

가고 오는 것이 뭐 대순가
순서 없이 누구나 가는 길

받고자 하는 질량만 주시길
날개 쉬어가는 시간만큼만

나는 말했네
그래도
꿈이기를

바람

외로운 사람의 노래를
네가 부른다
쓸쓸함 채우는 비명에
심약함 내려놓는다
민들레 꽃씨 내려놓고
허허로운 하루는
수고로움에도 지치지 않는다
그리움으로 가는 길
뻐근한 홍역은 춤을 추고

이제 내릴 시간이다
분주한 너는 그렇게 간다

민들레 꽃씨는 오지 않았다

탄생

모체에서 분리되어
오느라 수고했다
시작은 그렇게 오는 것

뻣뻣한 설레임을 지켜보며
들뜬 너의 방문
범람하는 혼란스러움
수고했다

신비한 날의 동행
두근거리는 기쁨의 날
만삭의 고통을 벗게 될 시간
탄생이라 말하지

출산으로 피어날 목련
취한 듯 노란빛 세상
침묵을 열고 방문하는 날

나는 어떤 아침부터
기다림 속에 서 있다

꽃 한 송이 들고

오늘도
막 핀 꽃으로 네게 가는 아침
익숙한 설레임이다

서른 중반이면 어때
내 안의 너의 전부가 있는데

사랑의 대상이 생긴 건 행복한 일이야
이 쬐그만 사랑 두 개를 합체하고
착하고 유순했던 너희들로
분주했던 나의 시간

더 큰 바람막이 우산이 되려 하는구나
위로보다 사랑이 나는 좋단다
바람은 거대한 풍차로 가끔은 아프도록 때리지만
단단히 여민 가슴은 쉬이 식지 않더구나

여리고 선한 너희들이
어떤 절망에도 공감하며 평화롭기를
오늘도 꽃 한 송이 들고 간다

좋은 생각

마음대로 흘러 보낸 며칠
고운 마음 길 하나 만든다

겨울 시작에 섭섭함이 커지니
큰 강물이 생겼다
건너기 어렵다 생각되어 느슨히 걸어보지만
채우지 못한 마음 스멀스멀 커지더니
나는 아프기 시작하고 누웠다
그 감정들이 칼춤을 춘다

결별해야 한다 이 난무를
찬란했던 빛을 찾아 창가로 갔던 유년
축제의 전야에
하릴없이 맴돌던 시간을 떠 올린다
이 감기를 떨구어 내는 내 방식

마음의 길을 내고 느끼는 희열
온전한 때를 떠올리니
많았더라 그런 감사의 날이

내가 하고 싶은 말

"괜찮은데" 하루 시작을 엽니다
풋풋한 인사를 먼저 전하고
"오 멋져요" 인사를 하죠
좋은 하루를 바램하며
돌아설 땐 "또 만나요" 라고 말하렵니다
"특별한 사람이에요" 라는 말
가슴 뛰게 하는 사람에겐 그렇게 말 하려고 해요
"잘할 수 있을 거야" 라며 응원을 보내고
하기 어려운 말이 많지만 진솔하게 해 보렵니다

아직 살지 않은 내일의 또 내일을 사는데
이러한 말에 우리가 황홀해 진다면
나는 멋지게 해 보려 합니다

오늘도 괜찮은데
이렇게 하루를 예감하면서 말이에요

지금

햇빛 너른 들판에
너를 담는다
쏟아질 오후는 완강하다
감당하기 어려운 양의 빛을
내게만 주신다면
그 하강을 허용하려 한다

어찌할 수 없는 이별
날마다 이별하며 산다 우리는
간절한 기도 쏟아질 오후도
모든 인연은 이별이다

어이없는 염원이 되어버렸다
기다림의 산그늘을 내어놓고
아스라한 초록도 내어 놓는다
오늘과 이별중이다
지금은

우리는 여행중

어쩌다가

어쩌다가 걸어 들어간 길
찔레꽃 가시에 놀란다
살짝 스친 자리
선분홍 피가 빠르게 돈다
묵직한 그 자리 며칠
아이의 우윳빛 치아처럼 생긴
꽃이 이뻐서 자꾸 생각이 난다
내 상처 들여다보는 자리
흔적을 찾을 즈음
꽃의 생명 다하고 새 한 마리로
날아갔을 시간
어쩌다가 이 예쁨도 가는 건지
세상에 사라지는 무수한 것에
새삼 조의를 표한다

친절을 팝니다

어제보다 커다란 감격의 햇빛과 걸어갑니다
신발 위로 올라앉은 바람은 친구가 되어 함께 갑니다
빌딩 위 솜사탕을 향해 새들이 달려가는 아침
내가 만나는 섬약한 사람들의 마음에 평화를 선물
할 것입니다 이 햇빛 친구와 함께

오늘도 친절한 마음을 팔려고 합니다
평화로운 마음으로 돌아갈 수 있도록
착한 마음은 덤으로 드리려고 합니다

에스컬레이터를 타고 올라오는 사람들
뿜어내는 상처와 뒤섞인 고단함
두리번거리며 목적지를 찾는 사람들
나는 멀리서도 웃음을 전합니다
선명한 무표정에도 나는 따스하게 만납니다

남자 어르신이 내 앞에 왔습니다

안녕하세요 인사와 번호표를 드렸습니다
근육이 살짝 움직이는 어르신의 마음은
불면의 밤을 보낸 표정입니다

감기이기를 바라는 기도를 합니다

웃음을 담은 사람들을 기다립니다
노부부가 서로에게 친절한 모습으로 걸어온다면
보행을 맞추어 걸어오는 노인과 아들을 보았으면
슬리퍼를 신지 않은 공손한 여자를 만나면
칭찬과 감동의 언어를 팔고 싶습니다

드디어
웃음 가득한 얼굴로 나란히 걸어오시는 노부부
엄마의 어깨에 묵직한 팔을 얹은 아들
휠체어를 밀고 와 바퀴를 잠그며 나누는 친절한 속삭임

나는 그 노부부에게 아무것도 팔지 않았습니다.
아들과 엄마에게도 휠체어의 여자에게도

그 따듯한 미소를 내가 샀거든요

내 생각

바람이 없어요
천천히 걸어도 돼요
지금도 분주해서 불쌍한 당신
그게 왜 슬프죠
희미한 눈동자는 가슴을 철렁케 해요
위로하지 않는 건
나에게도 위로가 필요해요

얼굴을 돌리지 말아요
할 말을 두고 도망가다니
흙을 담아와 가을을 심으려는데
버려지는 여름이 많아서
빈 화분 또 하나에 흙을 담습니다

나이가 버거워져 휘청거려요
기도 속 이름들이 많아졌어요
그런 나 때문에 나는 슬픕니다
어머니 덤덤한 가슴만 주세요

그 여름 논골담 길에서

산비탈을 갔었지
혼자 가라는 말 울었어
돌아선 등 뒤에서

나에게만 속삭이는 등대
담벼락 여자아이 머리카락이
골목 작은 길 담에 기대게 했지

맑아지고 금시 설레이는 길
울었던 건
그 악취에 잠시 아팠던 거야 라며

세월 가득한 티끌들이
뽀얗고 여린 소망을 갖게 했지
생각이 났어 뭘 해야 할지

슬픔이 또 오기 전 달리는데
푸른 감나무 초록별 하나가
아무 걱정 없이
질퍽거리는 흙에 몸을 던지고
산비탈 길은 초록이었지

그곳에 가다

윤회의 수레바퀴
해탈이라 적는다

사바세계
해탈이라고 적는다

인연 닿을 듯 다 한 듯
해탈이라고 적는다

애착과 집착 버리니
이승도 극락세계

중생의 요청에
촛불은 춤을 추고

펼친 두 손바닥엔
과거와 미래의 연민이 있다

나의 수요일

휘감는 봄기운에
벚꽃 미리 피우는 건
어떤 인연
기다려지는 수요일이 있어서다

무표정 눈빛 아니다
밑바닥 심해어인지 모른다
돌아오지 못하는 게 아니라
흘러가고 있을 뿐이다

사랑하는 자기의 이름
꽃다발 만들어 가슴에 안고
오늘도 그대 환한 얼굴들
젊은 날의 예쁨 가득히 보인다

그렇게 가는 길 있어
내 수요일의 아침은
벚꽃 미풍에 날리는 그런 날

*그림책 구연동화가로 만나는 사람들

보다

물길 사이로 걸어 들어가던
소리 없는 발자국
너를 잉태했다
허상과 실상의 만남
공존의 운명이라며
좁힐 수 없는 서로의 거리
하나가 둘이 된 우리
침묵으로 보내는 시린 시선
투명하게 드러난 속살에
누가 실상이며 무엇이 허상인 걸까
네가 있어 내가 있다는 그 진실은
사라진 걸까?

여자아이

우리
만날 수 있을까
용기 사라진 아침

전화를 할까
망설이다 하루 이틀
이젠 슬퍼져

너도 내 생각 하는지
나에게 묻다가
잠시 울었어

몇 번을 용서하라고 했지
누가 누구를

또
용기를 내어본다

첫사랑

하늘을 보다가
길고 뽀얀 손을 꺼냈어
귀 옆으로 올라간
가늘고 긴 팔이
막 꽃피울 목련나무 같았어
가만히 곁에 있는데
내 가슴은 설레고

원을 그리듯 내려온 목련나무
뽀얀 손가락에 별이 있었어
주변이 환해지고 따뜻해져
나는
나는 그 애를 사랑하는 것 같아

엄마집 마당의 추억

엄마 집 마당에
꽃잎 같은 비가 내린다

흙마당 물이 고이면
텀벙대는 시간 쌓인다

언니 새 장화 오던 날
헌 장화로 온 내 기쁨

벗어 놓은 장화 속으로
찾아드는 햇빛

꽃비 내리는 마당 주인과
흔적 많은 아버지 이야기

닮은 손 들여다본다
잘 산다고 하셨는데

내 이름은 꽃

아이가 울었어요
달려온 엄마는 맴매하며 나를 때렸어요
왜 내가 맞아야 하는 거지
물어 볼 시간도 없이 아이 손을 잡고 가버렸어요

가만히 있는 나를 만지려다가 앗
아주머니 손에서 피가 났어요
나는 억센 바람이 다녀간 줄 알았어요
떠밀려 쓰러질 듯한 그날 밤
심하게 몸살을 앓았지요

사람들은 나를 만나면 소리를 질러요
조심해! 가시가 있어라고 말이에요

어느 따뜻한 날
나를 꽃이라고 부르며 사람들이 찾아왔어요
아름답다고 말하고 만지곤 하지요
나는 꽃이 피었을 뿐인데

감추지 않은 가시도
꽃이 됩니다

아침편지

축복을 빌어요 어머니
서둘러 나선 길 바다를 보는데
이른 봄바람 코끝에서 아른거리는데
어머니 목소리에 시계를 봅니다
이른 시간에 주신 전화에
옷 벗어내 차라리 새파랗게 춥고 싶어집니다
그 자리 살짝 떠나와 듣는 목소리
다정하였던 어머니는 어디로 가시고
강렬한 근심을 주는군요
바다를 바라보는 나는 지금
갈 수가 없답니다

미사를 드리고 기도하실 어머니
평화를 만드시고 내 존경이었던 어머니셨습니다
고왔던 어머니의 소원 함께 청원합니다
저는 지금 휴식 중입니다
저의 평화를 허락하소서
어머니의 아름다운 평화를 빕니다

덕분에

당신이 있어
여행을 떠납니다
길을 나서는 상상과
어떤 거리에서 나눌 이야기
휴게소 차 한 잔을 마시고
안전벨트 쇠붙이 소리도 설레입니다

친구와 가는 늦여름 여행
우리는 서로에게 얼마나 소중했는지
또 확인합니다

산을 오릅니다
아름다운 산 향기 들으며
마주친 얼굴에 감사를 드립니다
황금빛 이끼 그 생명을 만날 쯤
청잣빛 하늘을 올려다봅니다

차이는 돌보다 어쩌면 미미하고
여린 가지보다 휘청거리는 우리
함께라면
갈 수 있다는 걸 우리는 압니다

바위가 만든 길을 따라
흐르는 물에 길을 내어 서니
별이 될 한 줌 바람이
머리 위로 쏟아집니다
바위는 빛나고 튕겨 나온 별들을
끌어안은 가슴은
뜨겁게 달구어집니다
구월의 노래를 부릅니다
나의 구월을 파란 하늘에 그리며
가을 노래가 춤을 춥니다
오늘도 나는
덕분에
배려의 말 사랑의 실천을 배워갑니다

무궁화 열차를 타고

오늘도 그대는 뛰겠군요
소리가 들려요

다 좋아요
잘될 거예요
충실한 염원 속에 믿어요

아내로 갔었던 시간은
잠시도 엄마이려고
그대를 떨구고 왔네요

여심은 모성에 가려져
열차는 더디 가고
강한 엄마는 그 밤 그 새벽
당신을 떨구고 옵니다

눈

뽀드득
또 한발 내디디면
또드득
선물 가득한 아침

안녕
첫 만남 뽀얀 얼굴에
누가 입 맞추고 간 걸까
그 길
뽀드득 뽀드득

조물조물 만들어 내는
오늘 좋아라

솔향기 따라서 그녀를 만나다

봄의 손짓에
마음 출렁이는 날

횡단보도 건너가 만날 그녀에
가슴 설레인다

그대 만나려 연밥을 던졌다가
들킨 부끄러움 반나절을 갔다지

귀여운 딸을 잃고 사랑하는 아들을 잃은
어미의 그 가슴 어찌어찌 살았을지

연꽃 스물 일곱 송이
핏빛으로 떨어지는 꿈 오더니
그렇게 간 청초한 나이

꽃같이 아름다웠을 그녀의 글로 그녀를 만난다

* 허 난설헌 그녀를 만나다

적적한 어떤 날에

사람이 그리운 터에
나를 기억해 주는 사람이 있어
어둑해진 길을 나선다

너에게 전하고 싶은 말 없이
어둠 속에 서니

어둔 밤 알지 못하는 내 마음
슬픔이 고이고 너의 이야기는
밤 추위로 변한다

마음의 말 괜시리 꺼내어
가시처럼 자라나고
눈물이 나는 허약한 날

사람이 보고 싶었던 날
너의 이야기는 너를 잊게 한다

따뜻한 그대

남아있는 이 온기
앉았다 막 간 걸까

나 돌아간 뒤
누군가도 이랬으면 좋겠다
이렇게 따스했으면 좋겠다

오르는 사람들에게
한 사람이 우산을 씌워준다
그런 그대 있어 따뜻하다
물과 밥이 채워져 있는
숲속의 사랑이 집 앞엔
관심 주셔서 감사합니다 라고

작은 누군가의 몸짓
따뜻하다

해에게로

해를 향해 달렸다
그에게 가는 길이 멀다

두물머리 늦겨울
만남의 기쁨은 짧다
지독한 추위 남기고 사라진다

색 바랜 황금빛
소리 없는 강은
고요 속으로 당긴다

한 마리 새 분주하고
잠터는 소리 사라진 시간
좋은 생각이 났다

고맙구나
사랑스럽구나
고갈된 내 감정의 휴식
피곤함 잠시 버렸다

아마도

맨 얼굴에
성능 좋은 카메라를 들이댄다
가장 솔직한 자신을 만나게 될 것이다
모니터엔 감추고 싶은 자기가 있고
그것은 곧 희망이다
아주 유쾌하고 온유한 웃음으로
위로의 말을 건넬 것이다
아름다운 모습으로 다시 태어날 거라며
눈맞춤의 웃음이 끝나면

접니다 아버지
저라구요
저를 몰라보시다니

새에게

너른 들판에 흩어진
햇빛 하나 둘 주워 담는다
쏟아질 오후는 볼을 달군다

허기진 지금은 청정함으로 채우렴
허리 펼 시간 없을 그날
풍성한 너의 시간들 오고 있다

산그늘 기다리며
구름 없는 하늘 뒤로 하고
초록 물결 춤추는 때 지금은

너른 들판 걸어가
살찌울 그날 위해
지금은 쉬어 가는 거라고

아카시아 잎을 따서

가위 바위 보
한 귀퉁이 떼어내니
네 얼굴 붉어지고

가위 바위 보
내 얼굴 빨갛게
고백한다

그 오월에
꽃잎 따먹던 아이들
이름조차 기억나지 않아

온종일 떠올리다가
거울 앞에 서서 유년의
유순한 눈빛으로 돌아가 본다

나의 언니에게

열렬히 언니 바라기였으니
나의 전부였다 언니는
그래서 얻은 꼬리라는 호칭

꼬리를 달고 다녀야 하는 마음
꽤나 무거웠으리라
까칠하기가 만만치 않았으니 말이다

군대 간 남자 면회를 갈 때도 *꼬리는 함께였다
휴가 나온 도시의 한켠에서도
꼬리는 몸통처럼 만들어 준 자리를 굳건히 지켰다

언니 시집가는 날
아버지의 닭똥 눈물보다 더한 내 눈물은
분신이었음을 증명했다

사랑한다는 말 아직도 못했다
이제 어쩌면 자유로울 언니
난 여전히 *꼬리인데

*당시 언니 남자친구, 지금 든든한 나의 형부가 붙여준 이름

카톡에서 찾은 편지

옆에 있어야 할 것 같다 누군가가
가끔은 때때로 혼자라는 생각 싫어
그 속내 보이는 것 싫어
뭐해 라고 묻는다

지금은 꼭 너여만 하는 시간

가을 협주곡을 들을 수 있다면
너였으면 하는 창가에서
그것이 시가 된다면
들길의
나지막한 풀잎 소리 들을 수 있다면

우연한 작은 들꽃
들뜬 가슴으로 쓴 편지

편지를 읽는다

너의 이름은 석순이

점 하나로 내게 왔다
나는 웃었고 나를 향해 넌 굴러왔다
민들레 꽃씨처럼 보드라운 너를 안고
유서를 썼던 어느 여인의 치유의 시작을
공감할 것 같았다
내가 만든 너의 안식처에서 첫날밤
그것이 우리들의 시작이다
그날 너의 의사와 무관하게 내게로 와
어찌할 수 없는 고단함을 내려놓는 너는

잠꼬대 소리로 첫날밤을 보냈다
첫날도 오늘도
7년을 무탈하게 가족이 된 너는
무결점의 완벽한 우리들의 동거다

꿈꾼 적 없던 이런 사랑을 필연이라 여기며
어쩌자고 사랑에 빠지게 두었을까 우리를

* 석순이는 우리 집 반려견

학교에서 키 큰 아이에게

네 마음 알고 있어
높다란 어깨 위로
나도 모르게 토닥토닥

죄송해요 선생님
비뚤비뚤 두 줄 글씨

꽃잎 색깔로 물든 마음
시작이 무엇이었을까

졸음에 겨운 너를
애처롭게 보아 넘긴
난 그것밖에 없었는데

들여다보기

추웠구나
평안치 않았을 밤
겨울이 맑다

먼지 낀 창밖엔
생명이 온다
추위 더 할수록

여미고
여민 숙성에서
비로소 향기로 온다

오늘은
하얀 깃털 되어 쌓이고
줄지어 다녀간 발자국들
시린 햇살에 반짝인다

잊은 듯 있다가
들여다보면 자꾸 보이는
봄 틔우는 소리

내가 행복한 만남

사랑합니다
한 사람 한 사람의 목소리를 들어요
떨림으로 오는 그대들은 평안입니다
가슴 적셨던 많은 걸 보내고
오늘의 유순한 시간은 성숙한 만남입니다

우리는 이렇게 만나요
한 주 어떻게 지냈냐고
오늘이 몇 월인지 무슨 요일인지 묻기도 해요
옆에 앉으면 손을 잡는
감사한 말들이 내게 옵니다
사랑을 느껴요

우리가 만나는 이야기 속의 호랑이는 늘
어리석음으로 사람에게 당하고 말지요
꾀보 여우는 언제나 자기 꾀에 빠져들어요
이렇게 이야기가 끝나면
우리들의 박수는
다음을 만나는 약속이 됩니다

소멸되어 가는 기억을 피할 수 없지만
반기는 오늘도 아름다운 만남입니다

보청기 상태가 양호해서
과묵함에서 조금 벗어난 어르신
부끄럽다며 아직도 소녀 같은 어르신

오늘도 출렁이는 가슴
나는 행복합니다

 *데이케어 센터에서

그대 있음에

나의 스물여섯 이후의 기수는 그대입니다
나는 그대를 믿었고 기대었습니다
평화롭고 나약하고 허기진 날이 없었던 건
그대 전신의 수고입니다

그대의 투혼이 어쩌면 지극히 당연했다고 생각했던
나의 날들을 돌아보는 나이
불안으로 예감하지 않았던 감미로운 시간들 속에서
결핍 없이 살았던 나의 날들은 그대의 수고입니다

그렇게 늙어 가고 싶다 했던 늦가을의 바램
설레이고 조금은 가슴이 뛰는 우리였으면
흰 눈 소복이 내린 듯한 구절초 꽃길을 지나
도토리 소리 없이 발길에 채이던 숲길에서
난 말했죠

소탈함이 넘쳐 탈탈 털린 듯
그리 말았으면 했던 주문들은
사계절을 테니스장에서 까맣게 그슬린 세월로
가득했네요
멋 좀 내주구려 했던 주문들

나이 들어가니 더해집니다

나의 바램은
여전히 그대에게 정성과 관심을 드리는 겁니다
내 시간과 정성을 펼친 자리에 그대 감동으로 오시길요
그리하여 그대
날마다 물들어 가는 마음이기를

내 기도 속의 이름들

초판발행 2023년 8월 31일
지 은 이 **박현숙**
펴 낸 이 김복환
펴 낸 곳 도서출판 지식나무
등록번호 제301-2014-078호
주   소 서울시 중구 수표로12길 24
전   화 02-2264-2305(010-6732-6006)
팩   스 02-2267-2833
이 메 일 booksesang@hanmail.net

ISBN 979-11-87170-54-9

값 12,000원